O PALHAÇO
MANÍACO

O PALHAÇO MANÍACO

ALDIVAN TORRES

Canary Of Joy

Contents

1   1

I

"O palhaço maníaco
"

Aldivan Torres
O palhaço maníaco

Por: *Aldivan Torres*
©2020- *Aldivan Torres*
Todos os direitos reservados
Série: AS IRMÃS PERVERTIDAS

Este livro, incluindo todas as suas partes, é protegido por Copyright e não pode ser reproduzido sem a permissão do autor, revendido ou transferido.

Aldivan Torres, natural do Brasil, é uma artista literária. Promete com seus escritos encantar o público e leva-lo às delícias do prazer. Afinal, sexo é uma das melhores coisas que existe.

<u>O palhaço maníaco</u>

Chegou o domingo e com ele muitas novidades na cidade. Entre elas, a chegada dum circo nomeado "Super estrela", famoso em todo o Brasil. Era só no que se falava na região. Curiosas por natureza, as duas irmãs se programaram a ir à inauguração do espetáculo marcado para esta mesma noite.

Perto do horário marcado, as duas já se encontravam prontas para sair após um jantar especial de comemoração da solteirice delas. Vestidas ao nível de gala, as duas desfilavam em simultâneo, em que saíam de casa e adentravam na garagem. Adentrando no carro, elas dão a partida com uma delas descendo e fechando a garagem. Com o retorno da mesma, a viagem pode ser retomada sem maiores problemas.

Saindo do Bairro São Cristóvão vão em direção ao Bairro Boa vista no outro extremo da cidade, a capital do sertão com cerca de oitenta mil habitantes. Ao percorrerem as avenidas tranquilas, ficam maravilhadas com a arquitetura, a decoração natalina, o ânimo das pessoas, as igrejas, as serras as quais pareciam falar, os puns cheirosos trocados em cumplicidade, o som do Rock alto, o perfume francês, as conversas sobre política, negócios, sociedade, festas, cultura nordestina e segredos. Enfim, estavam totalmente descontraídas, ansiosas, nervosas além de concentradas.

No caminho, em dado instante, cai uma chuva fina. Contrariando as expectativas, as meninas abrem as janelas do veículo fazendo cair pequenas gotas de água lubrificando seus rostos. Este gesto mostra a simplicidade e autenticidade delas, verdadeiras campeãs de auto astral. Esta é a melhor opção para as pessoas. Do que adianta remoer os fracassos, as inquietações e dores do passado? Não as levariam a lugar algum. Por isso eram felizes através de suas escolhas. Embora o mundo as julgasse, não se importavam, pois, eram donas do seu próprio destino. Parabéns para elas!

Cerca de dez minutos da saída, já se encontram

no estacionamento anexo ao circo. Fecham o carro, caminham alguns metros adentrando no pátio interno do ambiente. Por chegarem cedo, sentam nas primeiras arquibancadas. Enquanto esperam o espetáculo, compram pipoca, cerveja, soltam lorotas e puns silenciosos. Não havia coisa melhor do que estar no circo!

Quarenta minutos depois, o espetáculo é iniciado. Entre as atrações estão: palhaços brincalhões, acrobatas, trapezistas, contorcionistas, globo da morte, mágicos, malabaristas e um Show Musical. Durante três horas, vivem momentos mágicos, engraçados, distraem-se, brincam, se apaixonam, enfim, vivem. Com o término do espetáculo, fazem questão de ir ao camarim e cumprimentar um dos palhaços. Ele realizara a proeza de alegrá-las como nunca acontecera.

Subindo no palco, tem que pegar uma fila. Por coincidência, são as últimas a entrar no camarim. Lá, encontram um palhaço totalmente desfigurado, longe do "encanto" do palco.

"Viemos aqui parabeniza-lo pelo seu grande espetáculo. Realmente há um dom de Deus nisso! "Observou Belinha.

"Suas palavras e seus gestos estremeceram meu

espírito. Eu não sei bem, mas percebi uma tristeza no seu olhar. Estou certa? "Perguntou Amelinha.

"Obrigado as duas pelas palavras. Como se chamam? "Respondeu o palhaço.

"Eu me chamo Amelinha!

"Meu nome é Belinha!

"Prazer. Podem me chamar de Gilberto! Realmente, já sofri bastantes dores nessa vida. Uma delas foi a separação recente da minha esposa. Vocês devem entender não ser nada fácil se separar da esposa depois de vinte anos de convivência, não é? Independentemente disso, fico muito feliz por cumprir com maestria minha arte.

"Coitado! Sinto muito! "Lamentou Amelinha.

"O que podemos fazer para alegrá-lo? "Perguntou Belinha.

"Não sei como. Depois da separação da minha esposa, sinto muito a falta de sexo "Constatou Gilberto.

"Hum! Podemos dar um jeito nisso, não é irmã? "Insinuou Belinha.

"Claro! O senhor é bem-apessoado! "Elogiou Amelinha.

"Obrigado, garotas! Vocês são demais! "Exclamou Gilberto.

Sem esperar mais, o branco, alto, forte, másculo de olhos negros foi se despindo e as moças seguiram seu exemplo. Totalmente nus, o trio entrou nas preliminares caindo ali no chão mesmo. Mais do que uma troca de emoções e palavrões, o sexo os divertia e os animava. Naqueles breves momentos, sentiam-se partes duma força maior: O Deus amor. Através do amor, atingiam o êxtase maior que um ser humano poderia alcançar.

Terminada o ato, vestem-se e despedem-se. Essa fora mais uma etapa e a conclusão que chegavam era de que o homem era um lobo selvagem. Um palhaço maníaco inesquecível. Sem mais, saem do circo deslocando-se até o estacionamento. Adentram no carro iniciando o caminho de volta. Os próximos dias prometiam mais surpresas.

Passeio em Pesqueira

A segunda amanheceu mais linda do que nunca. Logo cedo, nossas amigas têm o prazer de sentir o calor do sol e a brisa passeando em seus rostos. Estes contrastes causavam no aspecto físico das mesmas uma sensação boa de liberdade, contentamento, satisfação e alegria. Estavam prontas, pois, para enfrentar um novo dia.

Pensando nisso, concentram suas forças culminando em seu levantar. O próximo passo é irem as suítes e o fazem com extrema vagareza como se fossem baianas. Sem querer magoar nossos queridos vizinhos, é claro. A terra de todos os santos é um local espetacular cheio de cultura, história e tradições seculares. Viva a Bahia!

Na toalete, tiram a roupa tendo a estranha sensação de que não estavam sozinhas. Quem já ouviu falar da lenda da loura do banheiro? Depois duma maratona de filmes de terror, era normal encrencar com isso. No instante posterior, balançam a cabeça tentando ficar mais tranquilas. Repentinamente, vem à mente de cada uma delas, sua trajetória política, seu lado cidadão, seu lado profissional, religioso e seu aspecto sexual. Sentem-se bem em serem aparelhos imperfeitos. Tinham certeza de que qualidades e defeitos acrescentavam à personalidade delas.

Trancafiam-se no banheiro. Abrindo o chuveiro, deixam a água quente escorrer pelos corpos suados devido ao calor da noite anterior. O líquido serve como catalisador absorvendo todas as coisas ruins. Isso era exatamente que precisavam agora: esquecer as dores, os traumas, as decepções, as inquietações tentando reencontrar-se com novas expectativas. O ano vigente foi crucial nisso. Uma virada fantástica em todos os aspectos da vida.

O processo de limpeza é iniciado com o uso de bucha, sabonete, Xampu além da água. Nesta hora, sentem um dos melhores prazeres o que a obriga lembrar da passagem no Recife e as peripécias na praia. Intuitivamente, o espírito desbravador delas pede por mais aventuras no que ficam para analisar assim que puderem. A situação favorecia por conta da folga alcançada no trabalho de ambas como prêmio da dedicação ao serviço público.

Durante cerca de vinte minutos, deixam um pouco de lado seus objetivos para viver um momento refletivo em suas respectivas intimidades. Ao final desta atividade, saem do sanitário, enxugam o corpo molhado com a toalha, vestem roupas e sapatos limpos, usam perfume suíço, maquilagem importada da Alemanha completando com óculos escuros e tiaras bem bonitas. Completamente prontas, deslocam-se até a copa com suas bolsas a tiracolo e se cumprimentam felizes com o reencontro em agradecimento ao bom Deus.

Em cooperação preparam um desjejum de fazer inveja: cuscuz ao molho de galinha, verduras, frutas, café-com-leite e bolachas. Em partes iguais, a comida é dividida. Alternam momentos de silêncio com breves trocas de palavras porque eram educadas. Concluído o café-da-manhã, não tem mais como fugir do que pretendiam.

"Qual sugestão nos dá, Belinha? Estou entediada!

"Tenho uma boa ideia. Lembra aquele rapaz que encontramos na lotação de Pesqueira?

"Lembro. Era escritor e se chamava Divinha.

"Tenho o número dele. Que tal se entrássemos em contato? Gostaria de conhecer onde ele mora.

"Eu também. Ótima ideia. Faça isso. Adorarei.

"Está bem!

Belinha abriu a bolsa, pegou o celular e começou a discar. Em instantes, alguém atende na linha e a conversa se inicia.

"Alô.

"Oi, Divinha. Tudo bem?

"Tudo bem, Belinha. Como andam as coisas?

"Estão indo bem. Olha, aquele convite ainda está de pé? Eu e minha irmã gostaria de ter hoje um programa especial.

"Lógico que sim. Não vão se arrepender. Aqui

temos serras, natureza abundante, ar puro além de ótima companhia. Também estou disponível hoje.

"Que maravilha! Pois, nos espere na entrada do povoado. Em no máximo trinta minutos estamos chegando por aí.

"Certo! Então até lá!

"Até!

A ligação termina. Com um sorriso estampado, Belinha volta a se comunicar com a irmã.

"Ele aceitou. Vamos?

"Vamos! O que estamos esperando?

As duas desfilam da copa até a saída da casa fechando a porta atrás de si com chave. Em seguida, vão à garagem. Pilotando o carro oficial da família, deixam seus problemas atrás esperando novas surpresas e emoções na terra mais importante do mundo. Atravessando a cidade, com um som alto ligado, guardavam para si mesmas suas pequenas esperanças. Valia tudo naquele momento até pensar na hipótese de ser feliz para sempre.

Com pouco tempo, pegam o lado direito da Rodovia BR 232. Iniciam assim o percurso de ida rumo a realização e a felicidade. Com velocidade moderada, são capazes de curtir a paisagem serrana às margens da pista. Apesar de ser um ambiente conhecido, cada passagem ali era mais que uma novidade. Era uma redescoberta do próprio eu.

Passando por sítios, fazendas, povoados, nuvens azuis, cinzas e rosas, ar seco e temperatura quente vão avançando. No tempo programado, vão chegando no arruado mais bucólico da entrada do sertão Pernambucano. Mimoso dos coronéis, do vidente, da Imaculada Conceição e de pessoas com alta capacidade intelectual.

Ao parar na entrada do distrito, já estava a sua espera o seu amigo querido com o mesmo sorriso de sempre. Um bom sinal para quem buscava aventuras. Descendo do carro, vão ao encontro do nobre colega que as recebe com um abraço tornando-se triplo. Este instante parece não acabar. Já refeitos, começam a trocar as primeiras impressões.

"Como vai, Divinha? "Indagou Belinha.

"Bem e vocês? "Correspondeu o vidente.

"Ótima! "Confirmou Belinha.

"Melhor do que nunca" Complementou Amelinha.

"Tenho uma ótima ideia: que tal subirmos a montanha do Ororubá? Foi lá exatamente oito anos atrás que minha trajetória na literatura se iniciou.

"Que beleza! Será uma honra! "Observou Amelinha.

"Para mim também! Adoro natureza! "Concordou Belinha.

"Então vamos agora! "Chamou Aldivan.

Fazendo sinal para o seguirem, o misterioso amigo das duas irmãs avançou nas ruas do centro. Dobrando a direita, entrando num sítio particular e caminhando cerca de cem metros os coloca no sopé da serra. Eles fazem uma parada rápida de modo a descansar e se hidratar. Como era subir a montanha depois de tantas aventuras? A sensação era de paz, recolhimento, dúvida e hesitação. Era como se fosse a primeira vez com todos os desafios impostos pelo destino. Repentinamente, as amigas encaram o grande escritor com um sorriso.

"Como tudo começou? O que isso representa para você? "Indagou Belinha.

"Em 2009, minha vida girava na monotonia. O que me mantinha vivo era a vontade de externar o que eu sentia ao mundo. Foi quando ouvi falar desta montanha e dos poderes de sua gruta maravilhosa. Sem saída, decidi arriscar em nome do meu sonho. Arrumei minha mala, subi a montanha, realizei três desafios os quais me credenciaram a entrar na gruta do desespero, a gruta mais mortal e perigosa do mundo. Dentro dela, superei grandes desafios terminando por chegar na câmara. Foi nesse momento de êxtase que o milagre aconteceu: tornei-me o vidente, um ser onisciente através de suas visões. Até agora foram mais vinte aventuras e não pararei tão cedo. Com a ajuda dos leitores, gradualmente, estou conseguindo realizar o meu objetivo de conquistar o mundo "Resumiu o filho de Deus.

"Emocionante! Sou sua fã "Confessou Amelinha.

"Tocante! Sei como deve se sentir ao realizar esta tarefa novamente "observou Belinha.

"Muito bom! Sinto uma mistura de coisas boas incluindo sucesso, fé, garra e otimismo. Isso me dá boas energias "Respondeu o vidente.

"Que bom! Que conselhos nos dá? "Indagou bela.

"Mantenhamos o foco. Estão prontas para descobrir melhor a si mesmas? "Indagou o mestre.

"Sim! "Concordaram as duas.

"Então sigam-me!

O trio retomou a empreitada. O sol esquenta, o vento sopra um pouco mais forte, os pássaros voam rasante e cantam, as pedras e os espinhos parecem se mexer, o chão treme e as vozes da montanha começam a atuar. Este é o ambiente apresenta na subida da serra.

Com muita experiência, o homem da gruta auxilia as mulheres durante todo o tempo. Agindo assim, colocava em prática virtudes importantes como a solidariedade e cooperação. Em troca, elas lhe emprestavam um calor humano e dedicação inigualáveis. Podíamos dizer ser aquele trio insuperável, imbatível e competente.

Pouco a pouco, vão subindo passo a passo os degraus da felicidade. Com dedicação e persistência, ultrapassam o "angico maior", marco dum quarto de percurso. Apesar do feito considerável, continuam incansáveis em sua busca. Estavam, pois, de parabéns.

Em sequência, diminuem um pouco o ritmo da caminhada, mas mantendo-a constante. Como diz o ditado, devagar se vai ao longe. Esta certeza os acompanha todo o tempo criando um espectro espiritual de paciência, cautela, tolerância e superação. Com estes elementos, tinham fé de superar quaisquer adversidades.

No ponto seguinte, a pedra sagrada, concluem um terço do percurso. Há uma breve pausa e eles aproveitam para orar, agradecer, refletir e planejar os próximos passos. Na medida certa, procuravam satisfazer suas expectativas apaziguando seus medos, dores, torturas e tristezas. Por terem fé, uma paz indelével preenche seus corações.

Com o reinício da jornada, voltam as incertezas, as dúvidas e a força do inesperado volta a atuar. Embora isso pudesse amedrontá-las, carregavam a segurança de estar na presença do "filho de Deus" ou "pequeno broto do sertão". Nada nem ninguém podia lhes fazer mal simplesmente porque Deus não permitiria. Eles se davam conta desta proteção em cada momento difícil da vida onde os outros simplesmente os abandonaram. Deus é efetivamente nosso único amigo fiel e verdadeiro.

Mais adiante, cumprem a metade do percurso. A subida continua sendo realizada com mais dedicação e afinco. Contrariamente ao que acontece geralmente com os escaladores comuns, o ritmo ajuda na motivação, vontade e entrega. Embora não fossem atletas, era notável o desempenho deles por serem jovens saudáveis e comprometidos.

A partir do terceiro quarto de percurso, a expectativa chega a níveis insuportáveis. Até quando teriam que esperar? Neste instante de pressão, o melhor a fazer era tentar controlar o ímpeto de curiosidade. Todo cuidado era pouco agora devido à atuação das forças contrárias.

Com um pouco mais de tempo, finalmente concluem o trajeto. O sol brilha mais forte, a luz de Deus os ilumina e saindo duma trilha surgem a guardiã e seu filho Renato. Tudo parecia renascer completamente no coração daqueles "Pequenos adoráveis". Mereceram esta graça através da lei planta-colheita. O próximo passo do vidente é correr para um abraço apertado junto a seus benfeitores. As colegas o acompanham e tornam o abraço quíntuplo.

"Que bom vê-lo, filho de Deus! Há quanto tempo! Meu instinto maternal me avisou de sua aproximação "Comentou a senhora ancestral.

"Eu que fico feliz! É como se eu relembrasse a minha primeira aventura. Foram tantas emoções. A montanha, os desafios, a gruta e a viagem no tempo marcaram minha história. Voltar aqui me traz boas reminiscências. Agora, trago comigo duas guerreiras amigas. Elas precisavam desse encontro com o sagrado.

"Como se chamam, senhoritas? "Perguntou a Guardiã.

"Eu me chamo Belinha e sou auditora.

"Meu nome é Amelinha e sou professora. Moramos em Arcoverde.

"Sejam bem-vindas meninas" Correspondeu a Guardiã.

"Somos gratas! "Disseram em concomitância as duas visitantes com lágrimas escorrendo pelos olhos.

"Também adoro novas amizades. Estar ao lado novamente do meu mestre me dá um prazer especial daqueles indescritíveis. Só quem sabe entender isso somos nós dois. Não é isso, parceiro? "Observou Renato.

"Você não muda nunca, Renato! É impagável suas palavras. Com essa minha loucura toda, encontra-lo foi uma das coisas boas do meu destino. Meu amigo e meu irmão "Respondeu o vidente sem calcular as palavras. Elas saíam naturalmente pelo verdadeiro sentimento que nutria por ele.

"Somos correspondidos na mesma medida. Por isso nossa história é um sucesso "Disse o jovem.

"Que bom participar desta história! Eu nem imaginava o quanto a montanha era especial em sua trajetória, querido escritor "Falou Amelinha.

"Ele é admirável mesmo, irmã. Além disso, seus amigos são muito simpáticos. Estamos vivendo a ficção real e isso é a coisa mais maravilhosa que existe "Complementou Belinha.

"Agradecemos o elogio. Não obstante, devem estar cansados do esforço empregado na escalada. Que tal irmos em casa? Sempre temos algo a oferecer "Convidou a madame.

"Aproveitamos a oportunidade para colocar as conversas em dia. Estou com muitas saudades "Confessou Renato.

"Por mim, tudo bem. Acho ótimo! Quanto as Senhoritas, o que me dizem?

"Adorarei! "Asseverou Belinha.

"Vamos sim! "Concordou Amelinha.

"Então vamos! "Concluiu a mestra.

O quinteto começa a caminhar seguindo a ordem dada por aquela fantástica figura. Neste instante, um frio gelado sopra atravessando os esqueletos fatigados da turma. Quem era, na verdade, aquela mulher e quais poderes possuía? Apesar de tantos momentos juntos, o mistério permanecia trancado como porta a sete chaves. Provavelmente, nunca chegariam a saber por ser isso parte do segredo da montanha. Simultaneamente, seus corações permaneciam na bruma. Estavam esgotados de doar amor e de não receber, de perdoar e de se decepcionar novamente. Enfim, ou se acostumavam com a realidade da vida ou sofreriam muito. Precisavam, portanto, dum conselho.

Passo a passo, vão superando os obstáculos. Em dado instante, ouvem um grito perturbador. Com um olhar, a chefe os acalma. Esse era o sentido da hierarquia: enquanto os mais fortes e mais experientes protegiam, os servos retribuíam com dedicação, adoração e amizade. Era uma via de mão-dupla.

Com segurança, vão administrando a caminhada com esmero e delicadeza. Que raio de ideia passara na cabeça de Belinha? Estavam no meio do mato arrodeados por animais asquerosos que poderiam feri-los. Afora isso, havia espinhos e pedras pontiagudas sobre seus pés. Como toda situação tem seu ponto de vista, estar ali era a única oportunidade de poder entender melhor a si mesmo e seus desejos, algo deficitário na vida dos visitantes. Logo, valia muito a pena a aventura.

Próximo da metade do caminho, promovem uma parada. Bem próximo dali, havia um pomar. Encaminham-se animadamente para o paraíso. Em alusão ao conto bíblico, sentiam-se complemente livres e integrados a natureza. Como crianças, brincam de subir nas árvores, pegam os frutos, descem e os comem. Depois, meditam. Aprendiam assim que a vida é feita por momentos. Sejam eles tristes ou alegres, é bom aproveitá-los enquanto temos vida.

No instante posterior, tomam um banho refrescante no lago anexo. Esse fato provoca boas lembranças de outrora, de experiências marcantes na vida deles. Como era bom ser criança! Como era difícil crescer e enfrentar a vida adulta. Conviver com a falsidade, a mentira e o falso moralismo das pessoas.

Continuando a marcha, já se aproximam do destino. Dobrando à direita na trilha, já podem visualizar o casebre simples. Aquele era o santuário das pessoas mais maravilhosas e misteriosas da montanha. Eles eram incríveis o que prova que o valor duma pessoa não está no que possui. A nobreza da alma está no caráter, nas atitudes de caridade e aconselhamento. Por isso que se diz o seguinte ditado: mais vale um amigo na praça do que dinheiro depositado num banco.

Alguns passos adiante, param em frente da entrada da choupana. Será conseguirem respostas para suas indagações mais internas? Só o tempo poderia responder este e outros questionamentos. O importante disso tudo era que estavam ali para o que der e vier.

Tomando o papel de anfitriã, a guardiã abre a porta dando acesso aos demais ao interior da casa. Eles adentram no cubículo de vão único observando tudo ao derredor. Impressionam-se com a delicadeza do local representada pela ornamentação, os objetos, o mobiliário e o clima de mistério. Contraditoriamente, naquele lugar havia mais riqueza e diversidade cultural do que em muitos palácios. Portanto, podemos nos sentir felizes e completos mesmo em ambientes humildes.

Um a um, vão se acomodando nos locais disponíveis a exceção de Renato que vai à cozinha preparar o almoço. O clima inicial de timidez é quebrado.

"Gostaria de conhece-las melhor, garotas" Solicitou a guardiã.

"Somos duas raparigas da cidade de Arcoverde. Ambas resolvidas na profissão, mas fracassadas no amor. Desde que fui traída pelo meu antigo parceiro, fiquei frustrada "Confessou Belinha.

"Foi aí que resolvemos nos vingar dos homens. Fizemos um pacto para atraí-los e usá-los como objeto. Nunca mais sofreremos "Garantiu Amelinha.

"Dou todo meu apoio a elas. As conheci na lotação e agora surgiu a oportunidade delas visitarem aqui "Reforçou o broto do sertão.

"Interessante. Esta é uma reação natural às decepções sofridas. Contudo, não é o melhor caminho a ser seguido. Julgar toda uma espécie por uma atitude duma pessoa é um erro claro. Cada um tem sua própria individualidade. Esta face sagrada e sem vergonha de vocês pode gerar mais conflitos e prazer. Cabe encontrar o ponto certo dessa história. O que posso fazer é apoiar como o amigo de vocês fez e me tornar cúmplice dessa história "Analisou o espírito sagrado da montanha.

"Eu permito. Quero encontrar a mim mesmo neste santuário "Desejou Amelinha.

"Aceito também sua amizade. Quem diria que eu estaria numa novela fantástica? O mito da gruta e da montanha parecem tão reais agora. Posso fazer um pedido? "Requereu Belinha.

"Claro, querida" Disponibilizou-se a senhora.

"As entidades da montanha podem escutar os pedidos dos mais humildes sonhadores como aconteceu comigo. Tenha fé! "Motivou o filho de Deus.

"Sou tão descrente. Mas se você diz, tentarei. Peço um final feliz para todos nós. Que cada um aqui se realize nos principais campos da vida "Falou Belinha!

"Eu concedo! "Trovejou uma voz grossa no meio da sala.

As duas meretrizes deram um salto para o chão. Enquanto isso, os outros riam e choravam com a reação das duas. Esse fato havia sido mais uma ação do destino. Mais que surpresa! Não havia quem pudesse prever o que acontecia no topo da montanha. Desde que um famoso indígena morrera no local, a sensação de realidade deixara espaço para o sobrenatural, o mistério e o inusitado.

"Que raios de trovão foi esse? Estou tremendo até agora "Confessou Amelinha.

"Escutei bem o que a voz disse. Ela confirmou meu desejo. Estou sonhando? "Perguntou Belinha.

"Milagres acontecem! No tempo certo saberão reconhecer exatamente o que quer dizer isso "Revelou a mestra.

"Acredito na montanha e vocês devem crer também. Através do milagre dela, eu continuo aqui convicto e seguro das minhas decisões. Se falharmos uma vez, podemos recomeçar. Há sempre esperanças para quem está vivo "assegurou o xamã da vidência mostrando um sinal no telhado.

"Uma luz. O que quer dizer isso? "Encantou-se em lágrimas Belinha.

"É tão linda e luminosa" Falou a impressionada Amelinha.

"É a luz da nossa amizade eterna. Embora ela desapareça fisicamente, permanecerá intacta em nossos corações. (Guardiã

"Somos todos luz embora em caminhos distintos. Nosso destino é a felicidade-confirma o vidente.

Nisso, Renato chega e faz uma proposta.

"Está na hora de sairmos e encontrarmos alguns amigos. A Hora da diversão chegou.

"Estou ansiosa. (Belinha)

"O que estamos esperando? Está na hora certa. (Amelinha)

O quarteto sai em disparada em direção à mata. O ritmo de passos é rápido o que revela uma angústia interior dos personagens. O ambiente rural de Mimoso contribuía para um espetáculo da natureza. Que desafios iriam enfrentar? Os animais ferozes seriam perigosos? Os mitos da montanha poderiam atacar a qualquer momento o que era bastante perigoso. Mas a coragem era uma qualidade que todos ali carregavam. Nada impedirá a felicidade deles.

Chegou o momento certo. Na equipe de ativos, estava um negrão, Renato e um Louro. Na equipe de passivos estavam Divinha, Belinha e Amelinha. Formada a equipe, começam as diversões em meio ao verde cinzento das matas do interior.

O Negrão namora Divinha. Renato Namora Amelinha e o louro namora Belinha. O sexo grupal começa na troca de energias entre os seis. Eram um por todos e todos por um. A sede de sexo e de prazer era comum a todos. Variando posições, cada um vai experimentando sensações únicas. Experimentam sexo anal, sexo vaginal, sexo oral, sexo grupal entre outras modalidades de sexo. Isso prova que amar não é pecado. É uma troca de energias fundamental para evolução do ser humano. Sem sentimento de culpa, trocam rapidamente de parceiro o que proporciona orgasmos múltiplos. É um misto de êxtase que envolve o grupo. Ficam horas fazendo sexo até cansar.

Depois de tudo concluído, retornam para as posições iniciais. Havia ainda muita coisa a descobrir na montanha.

Fim

www.ingramcontent.com/pod-product-compliance
Lightning Source LLC
LaVergne TN
LVHW021051100526
838202LV00082B/5432